KB146946

그러나 러브스토리

장수진

그러나 러브스토리

장수진

PIN

039

차례

PIN
039

그러나 러브스토리

장수진
시

목숨

일생에 한 시간
천사가 될 수 있다면

날개는 한 권의 책일지 모른다

일생을 나방 같은 존재로
살아왔다면

미움을 받게 되겠지

빛을 삼켜봐
북회귀선을 두 동강 내며 날아온

작고 예쁜 너의 목숨을

가수의 공연이 있는 밤의 식당

비가 내린다

아무도 젖지 않는다

식민지의 노래가 흐른다

검붉은 화장을 한 가수가
내게 술을 권한다

옛날을 그리워하지 마세요
기타는 부서졌고
우리는 늙었지만
밤새 춤출 수 있어요
박수를 쳐줄게요
세상을 떠난 연인에 대해

한 편의 시에 대해

밤새 이야기할 수 있어요

당신이 원한다면

신선한 원두를 빌려와

따뜻한 커피를 내려줄게요

독한 술을 원한다면

당신의 잔에 태양을 빠트려줄게요

부드러운 술을 원한다면

달디단 조각달을 띄워줄게요

당신이 원한다면

식당의 문을 계속 열어둘게요

언제라도 돌아와

이 노래 속에서

잠들 수 있도록

노래를 멈추지 않을게요

당신이 원한다면
거리의 소음이 되어줄게요
당신이 울 수 있도록
당신의 귀가
당신의 울음을 듣지 못하게
내가 더 크게 울게요
당신이 원한다면

해변의 간이 시설

시끌벅적한 소리에 눈을 뜨니
해변이었다

창밖으로
짧은 치마를 입은 여자들과
불쏘시개를 든 남자들이 보였다

나는 노란 장판이 깔린
구들장에 누워 있었다

엄마나 남동생은 보이지 않았다
모르는 사람들이 잘 지내고 있었다

오갈 데 없는 따뜻함
긴 여름이었다

작은 걸리버로부터

창밖으로
모로칸 카펫을 파는 재래 상인이 보였다
나는 방수 천막이 쳐진
간이 시설 구석에 누워 있었다

서점이었다
나라별로 책이 정리되어 있었고
책장에 느슨하게 기대어
책을 읽는 사람들이 있었다
다 외국어 사전이었다

밤이 오면 서점은
펼쳐진 상자가 되어
어두운 일기들을 쏟아낼 것이다

친구가 아이와 놀고 있었다
그는 내게 산책을 다녀오겠다고 한 후
아이의 손을 건네주었다

아이는 나를 일으켜
타국의 언어 사이로 이끌었다

우리는 손을 잡고 걸었다

걸리버 걸리버
내가 큰 소리로 떠들면

아이가
걸리버 걸리버 했다

아이야 걸리버는 옛날에 죽었단다
귓속말을 하자

아이는
기가 차다는 듯이 걸걸 웃었다

한 여자가 긴 우산을 끌며
걸어왔다

느닷없이 주르륵 눈물을 쏟았다

나는 여자에게 말했다
이곳에 물을 흘리지 마세요

여자는 나를 바라보았다

나는 여자를 알아보았다

날카롭게 말하지 말걸……
여자가 말했다
당신을 반대하지 않아요

해변으로 나갔다
모래사장에 거대한 발자국이 찍혀 있었다
나는 발자국 안에 몸을 뉘었다

걸리버
당신은 여전히 여행 중이군요

대머리 여인

황망한 얼굴이 담을 넘어 그늘 속으로 숨어든다. 몸이 없는, 붉고 놀란 얼굴. 두서없는 유언처럼 흩어지는 벌레의 행렬들.

검은 옷을 입은 여인이 기웃거린다.

"담장 밖에서 슬피 우는 것이 누구인가, 내 누이의 착한 애인인가." 사내가 조등을 내건다.

등 아래 화분이 어른거린다.

"장미, 장미네."

여인이 줄기를 쥐고 힘껏 당기자 흙 속에서 쥐가 딸려 나온다.

"이 작은 이빨로 신의 젖꼭지를 깨물다니."

쥐가 찢어지는 소리를 내며 여인의 어깨 너머로 날아간다. 여인은 손에 통증을 느낀다. 바람이 분다. 휘파람이 한 움큼 딸려 온다.

이것은 누구의 노래인가. 내가 멀리서 따라 부르길 원하는가.

솨…… 솨……

여인의 머리칼이 여름 소낙비처럼 쏟아져 내린다.

두리번거리던 여인은 창백한 그늘을 주워 머리에

쓴다.

 좁고 긴 골목. 끝날 골목. 저만치엔 빌딩과 관공
서가 있다.
 집집마다 내놓은 종량제봉투 속에서는 구구절절
구정물이 흘러나온다.

 여자는 골목 밖으로 걷는다. 한 올의 수수께끼도
흘리지 않는다.

성장

늦봄에서 장마철로 가는 동안 빛은 범람하고 우리가 알던 연두는 우리가 모르는 연두가 된다.

필립은 흙먼지를 일으키며 휘적휘적 쏘다닌다. 공원이나 쇼핑 타운, 광장이나 빈정거리는 사람이 많은, 평범하고 끔찍한 장소들.

잠든 필립의 뺨에서는 풀잎이 돋아난다. 부모의 결론 없는 대화가 이어지는 동안 풀잎은 자란다. 성인의 손바닥만큼 커진 풀잎은 필립의 얼굴에 그늘을 드리운다.

록 음악이 광광대는 해변. 비치 볼이 높게 떠오른다. 필립은 공을 쫓다 한 아이의 샌드위치를 밟는다.

빵이 죽었다

아이의 얼굴은 세기말을 읊조리는 무시무시한 로커처럼 일그러진다.

"빵을 살려내."

누군가 아이를 달래러 온다. 큰 바구니를 들고서.

"더 푹신하고 부드럽고 기분 좋은 것을 줄게. 마음대로 가지고 놀아. 늙어 죽을 때까지."

아이가 떠난 자리엔 구겨진 기분이 남겨져 있었다. 아이는 늘 아이에게 버려졌다. 좋은 어른이 되기 위해 그렇게 교육받았다.

필립은 오래 서 있었다. 음악이 둥둥거리는 해변에서. 다 취한 것 같다. 노을이 필립의 몸을 껴안는다.

필립의 등에서 한 무더기의 풀잎이 자란다. 줄기가 티셔츠 밖으로 뻗어 나와 순식간에 필립의 몸을 뒤덮는다.

10년 후.

등나무 그늘 아래에서 커플이 휴가를 즐기고 있다. 한 손에 과도를 든 여자는 자꾸만 뒤집히려는 피크닉 천의 모서리를 바라본다.

'기분 나쁘게 시원하네, 이 여름……'

등나무의 굵은 가지가 뻗어 나와 태닝 중이던 남자의 등을 긋는다. 여자는 졸면서 사과를 우물거리느라 애인이 잠든 것인지 죽은 것인지 분간하지 못한다.

놀이 없는 놀이터

졸음에 겨운 사람이
폐비닐로 가득 찬 봉투를 들고 시소에 앉는다

작가의 흔적도
작품명도 없는
시소

누군가 앉으면
반대편에는 잠이 내린다
잠의 무게로 그는 몽롱하게 떠오른다
높이 올라갈수록 무거워지는
비닐과 눈꺼풀

잠결에 그는 본다
뿔이 근사한 유니콘과 함께

경중거리는 아이를
아이는 신성한 소녀 같기도
중세의 기사 같기도 하다
시와 음악을 사랑하는
간호사처럼 느껴지기도 한다

아이는 온 힘을 다해 달리지만
풍경은 달라지지 않고

모래터에 고정된 작은 말은
삐걱거리며 속도를 늦춘다
아이는 말을 떠난다

잘 가 네 가 만 약 돌 아 오 면
그 때 나 의 지 위 를 양 보 해 주 지

더할 나위 없이 진부한 라디오드라마처럼
흘러가는 잠꼬대와 유언과 비어

놀이는 놀이터에서 사라진다

시소의 한가운데에는
죽음이 앉아 있다

왕의 배려

왕의 오줌은 창해를 이루었다

사형제도에 관해 회의를 하던 대신들은

당황하지 않고 차분히 떠올랐다

왕의 벌어진 다리 사이로

미끄럼틀처럼 길게 뻗은 드레스가

오줌을 운반하여

궁정의 대회의실을 채웠다

마호가니 테이블과 의자가 둥둥 떠다녔다

서류들은 물속에 잠겼다

지린내가 나는 거대한 노란 물은

소년을 일으키거나

넘어뜨리지 않는다

대들보에 밧줄을 걸고 목을 매달아도

그는 자신의 무게로 숨통을 끊을 수는 없다

아무도 물속에서 죽지 않는다

소년도

마른 방으로 돌아갈 것이다

묽이 밀어주는 대로 느리게 걷는 동안

삶을 이루고 있는 몇 가지 내용들이

소년을 살리거나, 죽이려 하지 않았다

소년은 평안을 느낀다

소년은 왕을 공경한다

술병을 잡아 든 손이 소년의 머리를

연이어 내려쳐도

피가 눈을 적셔도

소년은 왕을 공경한다

잠이 들면 괜찮을 것이다

그러나 잠 속에 왕은 없었고

커다란 나팔을 부는 광대와

붉은 옷의 사형집행인이 소년을 맞이한다

단박에 절단된

술병 주인의 머리통이 발치로 굴러오자

소년은 허기를 느낀다

소년은 사형집행인을 공경한다

잠을 공경한다

작은 인간

냉동실에서 책을 꺼내 불에 굽는다. 타닥타닥 타들어가는 문장들. 바스러지는 작가의 연보. 주방은 책과 함께 불길에 휩싸인다.

불타는 의자에 앉아 거실 창밖을 바라보면 산 정상으로 이어지는 달동네가 보인다. 가난한 마을은 한 줌 빛으로 요약된다. 그들은 밤새 무얼 할까. 등은 꺼지지 않고, 밤을 지새우는 자들에게 목가풍의 무드를 제공한다.

다시 어디론가 이어지는 심야의 불빛들.

3년째 내리는 눈. 3년째 눈을 치우는 사람들.

어릴 적 섬으로 휴가를 떠난 적이 있었다. 너그

럽고 나지막한 음성에 둘러싸여 푸른 과일을 입에 넣었다. 달고 부드러운 충만감, 흔들리는 보트에서 잠이 들었다. 풍경이 조금씩 허물어지기 시작했다. 부모님의 별장과 순한 개와 친구들도 사라졌다. 나의 작은 마을은 잠든 내게 고요한 작별을 고했다. 다시 마을이 서고 약국과 병원이 들어서는 동안 나는 비천한 어른이 되어 있었다.

금박으로 양장된 책 속의 신이 그랬던가.

인간. 너의 무지를 기필코 깨닫게 하리라. 결점 하나 없는 완벽한 한 장면이, 네 성긴 손아귀 안에서 점멸할 때.

신을 원망하지만 그것은 인간의 작은 의식에 불

과하다.

새벽에는 정류장에 나가본다. 생각에 잠겨 첫차를 놓치고 무연히, 미래를 기다리는 사람들의 모습을 본다. 주머니에 손을 넣은 채 꺼지는 불빛들의 숫자를 세다 보면, 가난한 동네의 개도 착하고 새벽도 그럭저럭 아름다운데…….

수치심. 나를 낳아 곱게 길러준 부모 새끼.

밤은 옛날의 공장

내 얼굴은 왜 이리 호랑이 같은 걸까. 수염도 없는데. 내가 가끔 으르렁거리던가? 잘 때 으득으득 이를 갈긴 하지. 잠이 든다는 건 정말 난감한 일이다. 곤죽이 된 시간 속으로 몸이 쑥 빨려 들어가거든.

드디어, 옛집으로 왔네.

나는 구두에 발을 넣고 거울 앞에 서 있다. 엄마의 하이힐은 배처럼 커다랗고, 나는 거룻배에 몸을 싣고 여행을 떠나는 사람처럼 설레어 보인다. 큰일나요…… 엄마가 나를 건져 올리곤 머리에 핀을 꽂아준다. 모자 모양의 핀이다. 나는 눈이 부신 사람처럼 행동한다. 엄마는 늘 용모 단정이라는 말을 사용하지만, 나는 이미 넓은 챙이 너풀거리는 모자를 쓰고 바다를 항해하는 진정한 모험가가 되어 있다.

나는 옆집을 바라본다. 아저씨는 마루에 누워 있다. 배에 복수가 찼다는데, 마치 보름달을 껴안고 물 위를 떠다니는 것 같다. 아주머니는 뒤돌아 화장을 하고. 마당의 아이들은 노래를 하며 고무줄을 넘고 있다. 영원히 자라지 않을 것처럼.

잠에 빠지면, 시간 공장의 불이 켜진다. 컨베이어벨트를 타고 꿈은 흐르고. 봉급도 있다지. 매일 아침을 모으면 1년이 되고 10년이 되고. 다 모으면 죽음이 된다지. 성실한 시간 공장의 근로자는 잠을 자면서 죽게 된다지. 공장장의 전언이다. 영원한 잠이 가장 명예로운 퇴직일 것이다.

잠든 사람의 얼굴을 본다. 감은 눈 속에서 쉴 새

없이 움직이는 눈동자를. 거대한 사막에서 모래 한 알의 기억을 좇는 간절한 시선을. 꿈을 꾸는 사람은 언제 잠드는가. 그는 자신을 잠 속에 버려두고 나와야 한다.

숲의 뒷모습

내 눈동자는 매일 밤 어떤 장면의 끝에서 완전히 부서지곤 했다.

비슷하고 반듯하게 전개되는 일상을 거부하며 숲으로 들어간 사람은 숲에서 길을 잃는다. 자신이 지나쳐 온 길의 나무마다 표식을 남기지만, 그는 자신이 남긴 표식과 끝없이 마주할 것이다. 나무는 반복되고 숲은 증식한다. 날렵하고 작은 칼. 그것이 유일한 가능성이다. 그는 마지막으로 자신의 얼굴에 단 하나의 표식을 남긴다. 돌아오지 말 것.

숲은 내 뒤에 있다. 숲은 나를 뒤적거린다.

친애하는 죽음에게

친구여 어디까지 왔는가
이 물음은 네가 나에게
나는 너에게 아무도 없는
가족사진을 보여준다

화분을 보냈더군
흙이 담긴 중국식 찻잔에 터지기 직전의
목화 꼬투리를
이렇게 고요하다니
말이 안 되잖아 찻잔의 목화밭

나에게는
책상에서 자라는 것들을 죽일 수 있는
왼손의 능력이 있다
밤이 손에 닿으면

사람은 사람을 해치고
슬픈 순경은 오지 않지

창가에 번지는
입김
바깥쪽에서 안쪽으로 흐르는
무구한 고백들

편지를 썼던 손들은 숲에 버려져 있다

너는 결단코 주먹 쥔 손을 가져본 적이 없고
사물을 뭉뚱그려 생각하는 사람들은
다만 약을 먹지

솜처럼 부풀어 오르는 안락

밤의 어둠 속에서 증식하는
비정형의 올빼미
밤안개가 파헤친 심장과 늪에 잠긴
보드라운 귀

너에겐 이 모든 것을 섭렵하는
능력이 있다
친애하는 죽음이여

솜이불을 싣고 가는
낡은 기차여

나는 너를 허공에서 기다린다
수직으로 내리쬐는 빛에 두 팔이 묶인 채

이곳에 도착하거든

빛을 기울여

나를 땅에 눕혀다오

볕의 자율성

볕은 구불거린다
볕은 방향을 틀어 머물던 곳을 떠나며
서늘한 고요를 남긴다
아무도 눈치채지 못할 정도로
가벼운 외투를 걸치면 그만인 정도로
볕에게는
우리가 모르는 의지가 있다

볕은 다람쥐의 언 발을 녹여
뛸 수 있게 한다
볕을 찾아든 다람쥐는
허공에 던져지기도 한다

볕을 사용한 대가로
우리는 주름을 얻고

천천히 늙어갈 것이다

별안간 죽음을 맞닥뜨린 자들은
볕을 잃고
우리는 그늘에
꽃을 던진다

절정으로 발기된 아름다움
허공을 찢으며
영원으로 귀속되려는
낙하

수직으로 자라던 꽃을
무덤에 눕힌다
볕은

침묵을 침해하지 않는다

단편영화

이런 곳에는 골목이 없을 줄 알았는데. 언덕과 내리막, 그리고 소파도. 내가 사랑하는 당신은 소박하고 다정한 풍경과 잘 어울린다. 당신이 구멍가게의 차양 아래서 과자를 먹는 동안, 나는 이 장소의 주인공들을 상상한다. 징그러울 정도로 싱그러운 나무들을 보면서. 당신은 주인공이 아니다. 주인공의 친구도 아니다.

쌀——로—별————————————

아이가 환호성을 지르며 달려간다. 아이가 사라진 곳에서 어둑한 사내가 걸어온다. 글을 쓰는 사람인지 교대 일을 하는 사람인지, 피곤해 보인다. 어쩌면 그는 이 언덕 어딘가에 있었을 옛집을 찾는 중일 수 있고. 형의 장례를 치르고 돌아오는 길일 수도 있다. 보폭이 일정한 그의 걸음걸이는 어떤 기도문을 떠올리게 한다. 발자국과 발자국 사이에 놓인 소망. 기억을 잃은 노인이 중얼거리는 참회들. 그가 나를 스쳐 간다. 수십 년 전 솟아올랐던 파도가 이제야 부서진다.

차양 아래 흠뻑 젖은 우리는 쌀로 별을 만든다. 아이는 돌아오지 않았고, 가난한 영화제에 출품된 「별밥」은 은수저상을 수상한다.

거실과 로켓

목이 긴 동물은 어느 문으로 나가는 것이 좋을까
안전하고 아늑한
정원이 있는 집으로 가려면

오래된 거실은 언제 무너질까
할머니의 재봉틀이 멈추면
손녀가 대학 가고 결혼하고
미국에도 일본에도 잠깐 잠깐 있다 돌아올 때쯤

버려진 단추를 찾아 천변을 떠돌던 아이들이
몇은 사라지고
아프거나
그저 그렇게 지내는 동안

거실은 서서히 몰락한다

할머니의 재봉틀은

청계천을 따라 떠돌다 어딘가에

다다른다

카페 미로

시간과 사물이 돌고 도는 곳

그곳에는

오래된 취향에 절은

늙은 아이들이

마당으로 나가는 문을 찾지 못하고

기울어진 테이블 밑을 서성이는데

거실이 부서지는 동안

할머니는 홀로 앉아 있다

노란 장판 위로 살짝 떠오른 채

그것이 할머니의 근대화인 양

띄엄띄엄 말하기

죽었다는 거는 나도 알고 있고 들은 거 같은데
백혈병으로 죽었더구먼 아니 걔는 살아 있고
살아 있어 그래
어 어 그래

이번 역은 화정 화정역입니다 디스 스톱 이즈
화정 화정 내리실 문은

여보세요 나야 하여튼간
가만 있어봐 자네가 부영초등학교
부영초등학교 옆에 사는
맞지

노약자와 어린이는
보호자의 손을 잡고 다니십시오

장난치지 마십시오

어 어 죽었다는 거는 나도 알고 있고
들은 거 같은데

오늘 빵 세일합니다
흰 눈 사이로 썰매를 타고 달리는 기분
상쾌도 하다아

아니 나는 살아 있고
살아 있어 아직 그래
날씨가 추워
부길아
밥은 먹었냐
양말 두꺼운 거 신고 아무튼

나도 이따가 죽을 거 같은데

여보세요 부길아

팥빵 좀 사 갈까 너 당뇨 저기

존엄

나는 본 적이 있다
도심 한복판에서
길을 잃은 한 쌍의 돼지를
죽은 돼지 곁을 맴도는 돼지를

어찌하여 내가 이곳에 이르렀는가

묻지 않는 돼지를
도망가지 않고
도살자의 발치에서
끝내 죽음을 맞이하는 돼지를

택시

으디 사소

나도 여기 안 사는디

서울 으디여 나도 문래공단 자주 가요

공장 물 쇠 닦는 거 그거 하러

그라고 우리 형제간 다 서울 사니까

형이 묵동, 넷째 누나가 봉천동

둘째 누나가 하남시 덕풍1동 산마루에 주차장

그 앞에 바로 지하에

셋째 누나는 돌아갔고

광주은행을 줄여서 광은하잖아요

나가 광은이여 곽 광은

막내여 쉰 다 됐지 장가도 못 간

꼭 집에 하나씩 있어요

이러다 미쳐불 것 같으니깐 나왔지

옛날엔 전두환이가

장학금 팔십 준다길래 거길 갔죠 하도 가난해서

우리 때는 인권이 없어가지고

손님들이 가자 그란 데로 가면 탈이 없어요

저는 그냥 가요 쩌리 가주쇼 하면 가요

난 전교 꼴등이었는데

사는 데 아무 지장은 없더라고요

착하게 살믄 돼 정직하게

진짜 못 배운 놈들은 판검사 국회의원

다 도둑질하는 놈들

난 공부를 안 해도 일반 상식 책 이만 두꺼운 거

민법, 이런 거 싹 봐버려 중앙지

대화만 되믄 되는 거잖아 그죠잉?

항상 고개 숙이고

감사합니다 죄송합니다

이 말만 잘하면 되는 거잖아요잉?

뭔노무 비가 이라고 많이 오는가
추와질라고
나같이 없는 사람들은 추와지면 안 되는디
땀띠가 나도록 더워야 하는디
워메 우리 고구마 다 썩겄네 흐미

맘 맞는 친구랑 전집 가서
막걸리나 실컷 퍼마셔야겄네 파김치 올려갖고

나가 운전한 지 이틀 됐소

서서히 개가 되는 날들

재난영화의 첫 장면처럼
무너지는 책장 아래
너는 웅크려 있었다 멋쩍게
쏟아지는 책들에 두들겨 맞던 너는
펼쳐진 책을 보며 말했다

엉터리 작가 새끼
그리스 요리로 내 제삿밥이나 해줘봐라

너는 너를 고독과 파멸의 천재라고 했다
개죽음 개죽음 밥 먹듯이 말하고 다니더니
정말 개가 되어 죽었다

나쁜 의미의 개
문제는 역시

죽음보다 개였다

시비가 붙으면
여자든 남자든 애든 개든
공평하게 따귀부터 갈기던 너는
어느 날 매우 상냥했다

봄
밤에
딱 한 번

천사 같던 너

존댓말도 썼지

아, 좋습니다

그러곤
투견처럼 뛰어올라 벚꽃을 따 먹고
용용용 예쁘게 돌아버렸지

너는 두 사람이다
죽은 시인이고
시인을 죽인 킬러다
너는 스물일곱이고
아니고
말도 안 되게 노래를 잘 불렀고

이제
나만 늙는다

나만 시를 쓰고

마음이나 헛소리가 내게만 존재한다

죽음에 빌붙은 들개처럼

텅 빈 헛간을 서성인다

나의 발레는 총 검 쇠

선생님, 제 허벅지에 알뿌리가 주렁주렁 열렸어요

수진 학생
참 잘했어요, 그것이 바로 우리가 그토록 원했던
근육이에요

선생님, 저 호프집에서 일을 하는데요
어제 단골손님이 이런 말을 했어요

알바 년
너 나 무시하냐?

와, 이 아저씨

일본에서 굴러먹다 온 더러운 년들

선생님, 전 일본에서 굴러본 적은 없고
돈가스 먹은 적은 있어요

아들 검사고, 나 체신부 다녔다
가족 다 외국에
술값 얼마냐, 동전 너 해라

하이트 한 병에
번데기 끓는 동안 새우깡 반 봉지 먼저
신청곡은 이은미의 애인 있어요
전주에 꼭 자기소개를 해요

내가 영주에서 왔어요
내가 영주 가서 죽을 거예요

집 샀어요
내가 돈 많아요, 퇴직금

아저씨, 나는 돈 없어요
집 아들, 없어요

아저씨 파란 양복 괜히 좆같네요

아저씨 사는 거 그냥 막
억울해요? 저도요

그렇다고 맥주 한 병에
한국 아저씨 염병의 역사를
그리 솔직히 시전하시면

아저씨도 한때는 분홍 빰 까까머리
소년이었겠지

아저씨의 형과
형의 늙은 형과
늙은 형의 아버지와
아버지의 아버지와 어머니 들을
노할머니와 노할아버지 들을
가문의 장남과 장녀 들을
선배와 선생 들을
개좆같은 독재자들을
망할 한국 사회를

한 여자가
한 노동자가

한 인간이

어떻게 살아왔는지
어떻게 살아갈 건지
치 떨림의 계보에 관한 보고서라도 쓸까요?
그런 건 어디에 제출하나요?
아파트 관리실?

아저씨 나는 발레를 해요
호두를 까는 게 아니에요
발레에는 각종 발차기가 있어요
차고 쏘고 찌르고 구덩이를 뛰어넘는

선생님은 내게 말하죠
빵 차요, 더 멀리

선생님, 허벅지가 터질 것 같아요
수진 학생, 우리는 미치지 않고 할 수 있어요
선생님, 더는 안 될 것 같은데요
아니요, 할 수 있어요
포클레인처럼
더 힘차게 들어 올려요
우리의 허벅지를

나의 발레는 총 검 쇠
내 허벅지는 수많은 무기를 지녔지
쏘지 않고 베지 않으며
녹슬지 않는 능력을

전구의 의미

아파트 발코니에
아이가 얌전히 누워 있다
에어컨 실외기와
죽은 화분이 보인다
아이는 학교도 가지 않고
꽤 오랜 시간
한낮의 직사광선에
얼굴을 내놓고 있다

아이의 얼굴에선 빛이 뿜어져 나온다
아이는 히어로가 아니다
아이의 얼굴은 유리 구체로 이루어져 있다
피부 안의 필라멘트가
어떤 연유로 작동하는지 아이는 모르지만
기분과 상관없이

의지와 무관하게
얼굴은 전구처럼 빛난다

아이의 얼굴은 어두워지지 않는다
밤이 되면 수십 마리의 나방이
나선형을 그리며
아이의 얼굴을 향해 날아온다
아이는 자신에게 주어진 비극을
저항 없이 받아들인다
책상에 앉거나
소파에 기대어

얼굴을 깨트린다면
마무리할 수 있을 것이다
아이는 알고 있지만

자신의 고유한 특성에 대해

의지를 지연시킨다
자신으로부터 벗어나거나
살아남아

이해하려는 의지를 멈춘다

아이는 응시한다
빛 때문에 죽은 나방들을
빛을 향해 날아오는 나방들을
멈출 수 없는 의지를
자신의 것이 아닌 그 의지를

가위 바위 보

저벅 저벅

설탕 밭을 가르며 지나가는 것들

조경이 아름답기로 유명한

영등포의 아파트에는

손에 책을 든 아이가

발코니에 잠들어 있다

나방으로 뒤덮인 아이의 얼굴

더듬이가 아이의 입안을 향해 있다

거리에선 지독한 단내가 난다

두통에 미간을 찌푸리는 행인들

찐득찐득한 걸음들

시내 고궁에
파충류가 자주 출몰하지만
아무도 반응하지 않는다

이상하다
이상한 하루가 반복되고
이상한 일상이 지속된다
누구든 나를 쏘면
이 게임이 끝날 텐데
이것이 게임이라면

신경이 예민한 한 사내는
퇴근길에 자주 넘어진다

네눈박이 도마뱀과 두눈박이 사내가

서로 응시한다

사내의 입안에

도마뱀이 천천히 머리를 넣는다

사내는 벌벌 떨며 웃는다

(뭔지 모르겠어 우히히히)

어느 신경이든

끊어버리고 싶은 충동과

구토와

신물과 거품

사내의 몸속으로

제 온몸을 밀어 넣는 도마뱀의 의지와

이명을 일으키는 단내 속에서

그는 구역질하듯 외친다

가위

남자의 마지막 말은 가위였다

주먹을 쥐고 있던 사람들이
삼삼오오 모여든다
커다란 포대를 끌고 사내에게 다가가
내용물을 쏟아붓는다
사내의 벌어진 입으로
흰 설탕이 한없이 쏟아져 들어간다
그의 몸은 설탕에 잠긴다

이 모든 장면을 그리는 화가가 있고
그 화가의 그림을 바라보며 혼절하는 아이가 있고

붕붕 날아드는 도시의 나방들
설탕에 취해 주저앉는 나방들
저벅 저벅
설탕 밭을 밟으며 지나가는
저 버그들

그러나 러브스토리

비늘이 없는

절벽과

파도가 없는

퉁퉁 불은 발목과
뛰어오는 아이가 없는

잠듦

아무도 없는
물속 벤치에서

청년 차이코는 프스키를 연주한다

털이 무성한 동물의 목을 어루만지듯
물이 털이 아닐 리 없다는 듯

기린 두 마리가 서로의 목을 감아 조른다
증오가 사랑이 아닐 리 없다는 듯

연거푸

차이코의 열 손가락이
작은 원을 그린다
원은 곧 소멸하고

그렇게 파도
그렇게 음악
그렇게 해변

깊은 바다로부터 밀려 나온 손잡이들

잠든 사람들의 귓속으로
푸른 모래가 끝없이 들어간다

누군가는 근처 병원을 가고
누군가는 무의식에 음악을 둔다

그들 코끝의 소금
한 톨

쇳조각

배가 출발하자 몸을 기울이는 아이들
굉음 속으로 빨려 들어가는 아이들을
잡아끄는 부모들
막 도착한 남성
하늘을 접으며 무한대로 나아가려는
새
망원경을 든 노인

이것을 미래의 이미지라고 부를 수 있을까
침상의 파편들
눈을 감으면 나는 도착한다
그곳엔 여성의 벌거벗은 신체가 있다
그녀의 머리는 몸으로부터 분리되어
중력에서 벗어난다
얼굴이 지워진다

음파를 모으는 귓바퀴와 혀만 남긴 채
중력 밖으로 모조리 뜯겨 나간 기호들
여성은 머리카락을 잘라내
양손에 움켜쥔다
머리카락은 쇳조각이다
찢어지는 고통을 느낄 수 없는 물질
비탄에 빠지지 않는 육체
그것은 선언에 가깝다

그리운 부둣가

삶에 불행은 충분하다
나는 그것을
1초 후에 깨달을 것이다

PIN

039

어떤 코트

장수진

에세이

어떤 코트

0.

어른이 된다는 것. 그것은 소년의 종말을 뜻한다. 소년은 자신의 일을 그만둘 어떤 당위를 찾지 못했음에도, 소년의 세계로부터 영원히 추방당한다. 소년은 물가로 나간다. 개울에 발목을 담근 소년은 발가락 사이를 노니는 버들치에게 온 정신을 빼앗긴다. 떠날 채비를 하는 소년은 자신이 아무것도 가진 게 없음을 깨닫는다. 소년은 소년을 버린다. 소년에겐 무기가 없다.

1. 붉은 코트

나에겐 20년 남짓 된 세 벌의 겨울 코트가 있다. 거의 입지 않거나 너무 입어 안감이 터진 코트들이다. 가장 오래된 것은 내가 고등학생이었을 때, 대학을 다니던 두 살 위의 언니에게 물려받은 붉은색 더플코트이다. 성긴 질감의 이 모직 코트에는 단추 대신, 손가락 크기의 인조 상아가 띄엄띄엄 달려 있다. 언 손으로도 여닫기 쉽도록, 상아는 구멍이 큰 가죽 고리 장식과 맞물린다. 겨울용 코트답게 털모자 위로 덮어 쓸 수 있는 커다란 후드가 달려 있으며, 장갑 낀 손과 두툼한 소매까지 푹 찔러 넣기 좋은 넉넉한 주머니를 가지고 있다. 나는 이 실용적인 코트를 입고 집을 나서는 언니의 모습을 볼 때마다, 이것이 어부들의 방한복이나 영국 해군의 군용 코트였다는 유래에 몇 가지 생각을 덧붙여보곤 했다.

'현대에 이르러 더플코트는, 끈기와 오기로 입시 전쟁에서 승리한 학도병들이 자신의 소년기를 떠나보내며 입는 애도의 의복이자, 유수의 대학에서 불

어딕치는 자유와 낭만의 광풍에 휩쓸리지 않기 위해 입는 방(광)풍복으로 발전하였으며…….'

비인과적 조립 세계에 매혹됐던 나에게, 코트를 입고 집을 나서는 언니의 모습은 특별하게 보였다. 언니의 외출에는 주저함이 없었다. 그녀의 뒷모습은 간결했고 단호했고 용감했다. 나는 그것을 물려받고 싶었다. 붉은 코트의 태도를. 그러나 코트가 전투복이 아니라는 사실을 알게 되는 데에는 그리 오랜 시간이 필요하지 않았다. 코트가 내 것이 되었을 때, 주머니는 내가 구겨 넣은 두려움과 주저함, 미움과 난처함으로 자주 불룩해지곤 했다.

2. 검은 코트

성인이 되었을 무렵, 엄마는 내게 검은 코트를 사주었다. 모든 어른은 검은 옷을 지니고 살아간다는 말과 함께. 실루엣이 단순한 이 더블 코트는 옷자락이 잘 휘날리지 않아 쓸쓸한 도시인의 분위기를 연출하는 데에는 쓸모가 없다. 하지만 칼라의 윗부분을 장식한 벨벳, 주머니 덮개, 깊게 겹쳐진 앞섶 등이 단정한 맵시를 만들어주어 격식이 필요한 자리에는 유용하다. 나는 이 코트를 입고 결혼식장과 장례식장을 다녔다. 불현듯 서로 다른 방식으로 곁을 떠나가는 친구들에게 나는 '어른의 태도'를 선보이며 인사를 건넸다.

어느 날 검은 코트를 입고 나선 자리에서 역시 검은 코트를 입은 사람과 마주친 나는, 그와 나 사이에 커튼이 드리워진 느낌이 들었다. 나는 생각했다. '하지만 커튼이 없다면 누군가는 미치고 말 거야. 기쁨과 슬픔이 넘쳐나는 이곳에서.' 상대가 원하지 않는 진실을 피부 밖으로 꺼내지 않는 것, 그것이 검은 코트의 사회였다.

3. 소년에겐 무기가 없다

1999년. 나는 열아홉 살이었다. 고등학교 근처에는 호수가 있었다. 나는 가끔 학교를 빠져나가 사색의 자리라 이름 지은 벤치에서 시간을 보내는 것을 좋아했다. 책을 읽거나 지나가는 사람들을 구경하면서. 호수는 놀이공원에 인접해 있었는데 평일엔 비교적 한산했다. 바이킹에 드문드문 앉은 사람들, 위험한 놀이기구를 타며 공포와 희열을 동시에 즐기는 사람들, 행진이 시작되면 인파 속으로 사라지는 아이들을 나는 바라보았다. 벤치는 고요했고 세계를 바라볼 수 있을 만큼의 시간과 거리를 나에게 주었다.

노을이 짙은 날이면, 나는 남은 생이 지나치게 많은 자의 오만함으로 마음속에 지옥의 풍경을 그려보곤 했다. 무언가에 압도당하고 싶은 욕망이 나에겐 있었다. 나는 불안했다. 무슨 일이 벌어지고 있다는 느낌이 들었지만 알 수 없었고, 알 수 없는 문제에 대해 이보다 더 진지할 수는 없다고 생각했다. 하늘이 두 동강 난다면 차라리 마음이 놓일지 모르겠다는 생각으로 자주 하늘을 올려다보았다. 그런 나를 가족이나 친구들은 몽상가라고 불렀지만, 작은 인간의 작은 무지가, 모든 것의 종말로

해결되길 바라는 거대한 무지로 자라고 있는 중이었다. 아침에 눈을 뜰 때, 흔들리는 리넨 커튼에 질감도 질량도 없는 아름다운 빛이 어른거릴 때, 불행이란 너무나 부드러운 것이어서 삶의 모든 것들이 맞물린 모서리마다 깃들어 있다고 느꼈다. 지옥은 인류에게 가장 오래된 풍경이다. 불행은 시간과 동행한다. 인간은 낡은 손목시계에 의지해 불행의 추상성을 극복하려 하지만 실패한다. 인류가 사라진 곳에는 무엇이 남는 걸까. 시인은 누군가 오래된 지옥 속에서 시를 쓰려 했다는 사실만을 남긴다.

1997년 외환위기의 여파로 많은 사람들이 전락하고 있었다. 좋은 상태에서 나쁜 상태로, 나쁜 상태에서 더 나쁜 상태로 끝없이, 전락했다. 나는 살던 집을 떠날 때가 되어서야 나와 가족도 예외가 아니었음을 깨닫게 되었다. 당장 필요한 것만 남겨야 한다는 규칙은 자신의 모든 것을 버려야 한다는 말과 같다. 사물과 기억, 취향과 태도와 먼지까지도.

긴급하고 절대적으로 필요한 것이란, 교환가치가 있는 돈과 재물일 것이다. 나에겐 그 둘 다 없었다. 나는 모든 것을 버려야 했다. 서기 2000년. 그것은 거리에 나부끼는 수많은 전단지 사이로 날아와 나의 발치에 툭, 떨어졌다.

4. 나의 일

나는 모델이 되었다. 거리에서 만난 어느 기자의 제안 덕이었다. 자연스레 연예기획사에 소속되어 주어지는 일들을 해나갔다. 나의 일이란 10대 초반에서 20대 초반의 여학생들을 타깃으로 하는 하이틴 잡지에 실릴 사진을 찍는 것이었다. 유행하는 옷차림이나 시즌별 액세서리 연출법, 헤어스타일링, 화장법, 피부 관리 비법 등을 소개하는 것이다. 케이블방송 프로그램을 진행하거나, 미용실에 들러 화장과 머리 손질을 받고 미팅에 나가 예쁜 표정을 지어 보이거나, 내가 얼마나 '끼'가 있는 여자애인지 보여주는 것도 나의 일이었다. 버튼을 누르면 즉

각 반응하는 인형처럼 보이기 위해 학원에서 춤이나 노래를 연마하는 것도, 마사지 숍이나 피트니스 센터에 가서 '판매용 외모'를 가꾸는 것도 나의 일이었다.

그런 내게 술과 오디션을 동시에 권하거나, 연인들이나 함께 할 법한 드라이브 코스를 일정에 넣거나, 무불노동을 시키고 밥 대신 술을 사며 스킨십을 시도하는 어른들을 만나는 것도 나의 일이었다. 그들에게 혐오를 감추며 일을 뺀 나머지를 거부하는 것도, 폭력을 폭력이 아닌 실수로 둔갑시켜 상대가 민망하지 않게 빠져나갈 구멍을 만들어주는 것도, 거절을 거절이 아닌 방식으로 표현하는 불가능한 언어를 발명하는 것도 나의 일이었다. 실패하면 얼마나 순식간에 "거지 같은 년"으로 전락하게 되는지 경험하는 것마저도 나의 일이었다.

일과 일 같지 않은 것을 오가며, 미성년도 성년도 아닌 채로 나는 어른들의 세계에 편입되어갔다. 그때 만난 그 많은 어른들 중 '한국의 가난한 어린 여자'를 편견 없이, 한 인간으로 존중해주는 사람은 한 명도 없었다는 사실을 나는 여전히 기억하고 있다. 하지만 그 시절, 나쁜 어른도 좋은 어른도 아닌, '이상한 어른'을 만난 기억은 오래도록 나를 사로잡았다.

5. 어떤 부인

그녀는 '청담동 사모님'으로 불렸다. 50대 중반 정도의 인상이었는데, 실제로 청담동에 거주했는지, 진짜 직업이 무엇이었는지 나는 모른다. 사실 나는 그녀가 어떤 사람인지 궁금하지 않았다. 두 번째 만났을 때 그녀는 나에게 단도직입적으로 물었다.

"연예인을 할 거니?"

"잘 모르겠어요. 되고 싶다고 되는 것도 아니고."

"집이 가난하니?" 그녀가 다시 물었다.

"그런 것 같아요."

희미한 웃음을 지으며 그녀는 말했다. "돈을 많이 벌어야겠구나."

부인의 음성은 나긋하면서도 어딘가 단호한 구

석이 있었다. 자세를 흐트러트리며 노골적으로 본심을 드러내는 나이 든 남자들과는 사뭇 다른 태도였다. 나는 부인의 말에 대꾸하지 않았다. 대신 부인의 눈을 똑바로 쳐다보았다. 부인의 눈빛에서 반짝이는 비늘 같은 것이 스쳐 지나갔다. 나는 부인을 믿지 않았다. 하지만 부인과 만나는 일을 그만두진 않았다.

우리는 밝은 카페에서 만나 주스를 마시고 샌드위치를 먹으며, 날씨나 뉴스 이야기를 나누곤 했다. 그럴 때면 부인이 새로 사귄 친구처럼 느껴졌다. 부인을 향한 경계심이 조금씩 누그러졌다. 한편, 부인은 방송국 PD나 관계자들에게 나를 소개했다. 작은 배역에 관한 몇 가지 딜을 하기도 하고, 거사를 앞둔 정치인들이 주요 고객인 유명 역술가에게서 나의 사주 풀이를 받아 오기도 했다. 어느날은 내 사진을 들고 성형외과에 가서 상담을 받은후 내게 수술을 권하기도 했다. 비용은 걱정하지 말라는 말과 함께. 나는 거절했다. 부인과 만나는 횟수가 잦아질수록, 나를 향한 부인의 호의가 짙어질수록, 덮어두었던 의구심이 다시 솟아올랐다. 나는 부인이 내게 진짜 하려는 말이 뭔지 알고 싶었다. 나는 기다렸다. 중년의 부인이, 가난하지만 가난을 모르는 어린 여성에게 베푸는, 호의의 진실이 드러나기를.

부인은 어느 날 나에게 커다란 쇼핑백을 내밀었다. 베이지색 캐시미어코트가 들어 있었다. 자신이 잘 아는 디자이너가 만든 옷이라는 설명을 덧붙였다. 얼핏 보아도 그 코트는 내가 이제껏 한 번도 입어보지 못한, 독특한 형태의 옷이었다. 나는 말했다.

"어려운 옷이네요."

"언젠가 이런 코트를 입게 되는 날도 있을 거야."

부인은 여느 때처럼 담담한 투로 나의 말을 받았다. 그러고는 곧 이민을 떠나게 되었다는 소식을 덧붙였다.

살구빛이 도는 코트는 무릎을 덮는 길이에 허리에는 고리와 끈이 있다. 목에서 겨드랑이로 떨어지는 사선의 소매 솔기와 등을 덮는 케이프가 트렌치 코트를 연상시키지만, 여기에는 소매를 조이는 스트랩과 어깨 견장, 그리고 허리띠의 버클이 없다. 소매 폭은 머리가 들어갈 정도로 넓다. 허리를 끈으로 묶는 오버사이즈 스타일이라는 점에서 과거 폴로 선수들이 휴식 시간에 툭 걸치던 코트와도 닮아 있는데, 장식과 기능을 배제했음에도 이 코트에는 다양한 옷의 여러 형태가 스며 있어 그 쓸모가 쉽게 가늠되지 않는다. 모든 코트의 기원은 그저 목욕 가운일지 모른다. 털 없는 원숭이의 수치를 은폐해주는 가운에 인간은 경의를 표하기 시작한 것이다. 가슴팍에는 황금빛 단추를, 어깨에는 지위의 표식을, 목둘레에는 기품 있는 털을 덧대어. 인간은 코트를 소유한 적이 없다. 코트가 인간을 지배해왔다. 몸은 코트 안에서 공평하게 쇠락해가는 마을이다. 코트의 형태가 마을의 역사와 분위기를 간접적으로 드러낼 뿐이다. 이 코트의 가장 흥미로운 점은 뒷모습이다. 커다란 케이프로 인해 옛 탐정이나 마부의 차림새가 떠오른다. 하지만 한 올 한 올 미세하게 부푼, 캐시미어 털 사이의 공간을 죽이지 않으면서도 가지런히 눕혀 가공된 원단의 밀도와 촉감, 압도적으로 가벼운 무게, 그 모든 이면의 뉘앙스가 이 코트를 다른 실용적 코트와 구별 지었다. 허리를 묶었을 때 생기는 아래쪽의 풍성한 볼륨과 주름 사이로 흐르는 최소의 광택은 우아하고 차분하며 고귀한 인상을 자아낸다. 나는 코트를 살펴본 후 옷장에 넣었다.

6. 식은 순대

얼마 후 나는 대학에 갔다. 공부가 하고 싶어졌고, 그 공부가 무대와 사람에 관한 것이었으면 했다. 일은 그만두었다. 내가 원하는 것이 무언지 여전히 몰랐지만, 연극을 공부하다 보면 사람이나 삶에 대해 조금은 이해할 수 있을 것 같았다.

대학을 졸업하기 전, 우연히 대학로의 연극 연습실을 방문했다. 열 명 남짓한 배우들이 연습을 하고 있었다. 연출가가 말했다.

"수진아, 떡볶이 먹어. 식었지. 괜찮아. 너 식은 순대가 얼마나 맛있는지 아니?"

차가운 연습실 바닥에 아무렇게나 벌어져 있는 비닐봉지를 바라보았다. '식은 순대가 정말 맛있을까?' 나는 살면서 한 번도 생각해본 적 없는 문제에 사로잡혔다. 연습은 계속되었다. 무겁진 않았지만 진지했고, 가끔 웃겼지만 잘 삼켜지지 않는 떫은맛과 뭉근한 통증도 함께 왔다.

긴 연습이 끝날 때까지 아무도 순대를 먹지 않았다. 누군가 울고, 웃고, 떠벌이고 사라지고, 오해하고 사랑하고, 증오하고 죽고 죽이고, 아득하고 깜깜한 한 세월이 지나갈 때까지. 나는 순대 앞에 앉아 있었다. 마치 순대의 유일한 주인이라도 된 것처럼. 순대 냄새가 계속 코를 찔렀고, 나는 점점 순대를 향해 코를 박고 엎어지는 기분이 들었다.

'이상하다. 아무래도 이상하다. 앉은 채로 고꾸라지는 인간이라니⋯⋯. 코가 무거워 일어날 수가 없다니⋯⋯.'

연극을 하는 동안 한구석에 걸려 있었다. 일상복으로 입고 살았다. 친구 것으로 갈아 신고, 핸드백을 바꿔 매과 이혼과 재혼을 하는 동안. 아이를 낳고 끈질기게 직장에 살아남아 승진을 하고 연봉을 올려 새로운 취미와 취향을 갖추는 동안.

나의 가난을 한때라 말할 수 없다. 가난은 습관이다. 진절머리가 나도록 나는 가난을 반복하고 곱씹는다. 그것은 내가 영원토록 얽매인 불구이자 불우이다. 나는 쓸모없는 것에 의미를 부여하고 기억을 헤집으며 기어이, 꽁무니를 빼고 달아난 과거의 뒤통수를 찾아낸다. 그것을 증오해서, 사랑해서, 달려가 끌어안고 죄 빠개기 위해. 가난은 벗어날 수 없는 광증이자 학구심이다.

7. 언젠가

가끔 베이지색 코트를 볼 때면 모르는 사람의 익

숙한 뒷모습 같다는 생각이 들곤 했다. 끝내 정체를 밝히지 못한, 마주 앉은 사람조차도 수수께끼로 만들어버리는 사람. 서로의 옷을 바꿔 입고 옷장 속으로 사라진 이들은 어디로, 얼마나 멀리 가버린 걸까.

나는 코트를 헌 옷 수거함에 넣을까도 생각했지만 끝내 그러진 못했다. 그날 부인이 말하지 않았던가. 언젠가 입을 날이 있을 거라고. 그날은 어떤 날일까? 부인은 정말 이 괴상한 코트가 나에게 어울리게 되는 날이 올 거라 생각했던 걸까? 아니면 엉터리 점성술사의 계산법으로, 나의 생년월일에 태양과 달의 위치 변화를 더하고 곱해, 어느 날 나에게 닥칠 가장 기괴한 하루를 점친 것은 아닐까?

마지막으로 부인을 만나던 날 나는 물었다.

"왜 저에게 잘해주셨어요?"

부인은 나를 바라보았다. 그녀의 눈동자는 나를 바라볼수록 눈 깊은 곳으로 물러나고 있었다.

"순진해서."

부인의 시선이 다시 짧아지는 동안 그녀가 생각

이나 말을 고르고 있다는 느낌은 들지 않았다. 오히려 했던 말을 금세 잊고 같은 말을 반복하는 노인처럼 다음 말을 이어갔다.

"안쓰러워서…… 초콜릿 포장지가 예쁘구나."

나는 부인이 무슨 말을 하는 건지 잠시 헷갈렸다. 생각할 시간을 벌기 위해 테이블 위의 구겨진 은박지를 조물조물 펴보았다. 네모난 은박지 안에 네모가, 네모 안에 동그라미가, 그것들을 관통하는 하나의 선이 비뚜름하게, 마치 혜성의 부스러기처럼 떨어지고 있었다.

창밖을 바라보던 그녀의 눈동자는 어느새 자신의 몸을 빠져나가 카페 밖으로, 차도와 철길로, 먼 나라의 나무 그늘로, 산양의 목덜미 속으로 숨어드는 듯했다. 이 가녀린 도주를 덮는 부드러운 우연의 뉘앙스가 침묵 사이로 스며들었다. 애초부터 아무 이유도 목적도 없었다는 듯이.

나는 언젠가 젖은 동굴을 걷다 발견한 작은 광장을 떠올렸다. 동굴은 한 시간이 넘도록 이어져 있었는데, 눈앞에 갑자기 반듯한 땅과 규칙적인 불빛이

나타났다. 그곳은 종말 이후 남은 전력으로 희미하게 빛나는 도시의 야경 같기도, 생존자 독서클럽이 시를 낭독하기 위해 찾아든 숲속 원형무대 같기도 했다. 혹은 나무 한 그루 흙 한 톨 없는 공원. 그곳에선 취객의 함성도, 야경꾼의 호각 소리도 들리지 않았다. 오직 텅 빈, 사실. 검은 공기가 품은 더 검은 알……

이런저런 생각들을 하며 집으로 가는 길에 사소한 후회가 밀려왔다. '내가 부인에게 물었던가. 어느 나라로 떠나는지. 그곳의 날씨는 대개 어떠한지……'

0.

얼마 전 특강을 하기 위해 외출을 했다. 강의 주제는 '시를 쓰며 예술의 경계를 넘나드는 작가들'이었다. 초대된 시인은 나를 포함해 세 명이었고, 문화센터의 기획자가 진행자석에 앉아 있었다. 날씨는 추웠지만 실내에는 후끈한 히터 바람이 불었다.

나는 베이지색 코트를 벗고 자리에 앉았다. 다섯 명의 관객이 드문드문 자리에 앉아 있었다.

그러나 러브스토리

지은이 장수진
펴낸이 김영정

초판 1쇄 펴낸날 2022년 3월 25일

펴낸곳 (주)현대문학
등록번호 제1-452호
주소 06532 서울시 서초구 신반포로 321(잠원동, 미래엔)
전화 02-2017-0280
팩스 02-516-5433
홈페이지 www.hdmh.co.kr

© 2022, 장수진

ISBN 979-11-6790-096-8 04810
      979-11-6790-074-6 (세트)

현대문학 핀 시리즈 시인선